詩集

魔女の目玉

toro ami
戸渡阿見

たちばな出版

魔女の目玉(まじょのめだま)　目次

まえがき 8
ある種の喜び 22
言うことを聞け 26
北京オリンピック 32
神秘 42
五人の天使 46
一歩一歩 52
一日でも忘れたら 54
潮騒 60

花 64

鼻くそ 68

離れ技 72

ある対話 74

宇宙の光 90

飛行機 102

魔女の目玉 106

金玉 110

うさぎさん 114

かえる 116

古時計 126

ばあさん 134

じいさん 136

かあさん 138

とうさん 140

ぞうさんその1 142

ぞうさんその2 144

ぞうさんその3 146

ぞうさんその4	148
ぞうさんその5	150
ぞうさんその6	152
ぞうさんその7	154
ぞうさんその8	156
ぞうさんその9	158
ぞうさんその10	160
ラッパ	162
無理	166

涙 172

元祖 178

万華鏡 182

まえがき

本書は、私の四冊目の詩集になります。二〇〇八年以降に作った詩を、一冊にまとめました。

詩人は「死人」に聞こえ、俳人は「廃人」に、歌人は「佳人」に聞こえます。そう考えると、歌人が一番いいと歌人岡野弘彦氏は言いました。詩人に言わせると、詩人は「思人」であり、俳人は「蠅人」であり、歌人は「蚊人」かも知れません。いずれにしろ、俳人歌人はまじめな人が多く、俳人は洒脱な人が多く、詩人はまじめな人と、変わった人の両方がいます。

本書は詩集ですが、私は俳人であり、歌人であり、小説家でも

あります。俳句は、十八歳から作り始め、いまでは現代俳句協会の会員です。短歌は、昭和天皇の短歌の師である岡野弘彦氏に習っていました。しかし、俳句ほど本格的にはならず、もっぱら、禅僧のように道歌を詠むだけです。しかし、また短歌を作りたいとも思っています。

短歌の「調べ」と、俳句の「切れ」は違います。それで、なかなか両立はできないのですが、寺山修司のように、個性的な両立ができたら理想です。

このように、短歌も俳句も好きなのですが、自由詩を作り始めるようになったのは、つい最近のことです。以前から作曲や作詞をやり、短い言葉の詩集は、『神との語らい』というタイトルで、三冊出版したことがあります。しかし、本格的な自由詩は、この

詩集が初めてなのです。

私の性質は、どちらかと言えば「死人」「廃人」「佳人」と、「思人」「蠅人」「蚊人」が入り混じり、「志人」「拝人」「花人」や、「子人」「灰人」「火人」を、そこにまぶしたようなもの。だから、本来は、小説や自由詩が合っているのかも知れません。

ところで、現代の詩人では、「まどみちお」や谷川俊太郎はよく知られますが、それ以外の詩人は、あまり知られていません。中原中也や萩原朔太郎、宮沢賢治なども有名ですが、私にとっては、とにかく暗いのです。現代の有名詩人の詩集を見ても、難解で暗いものばかりです。島崎藤村やシェークスピア、武者小路実篤の詩は、まだ明るくてわかりやすい。特に、武者小路実篤の詩には、わかり易くて前向きで、好きな詩がたくさんあります。でも、

最近は誰も読まなくなりました。

二十代の頃は、リルケやハイネ、ボードレールなども読みましたが、眠くてよくわかりませんでした。現代の有名な詩人の詩をみても、わからない意味がものが沢山あります。普通の人が読んで解らない詩を、詩人が書く意味はどこにあるのか。いつも、疑問に思う所です。その点、「まどみちお」は最もわかり易く、最も深い気がします。だから、日本人で初めてアンデルセン賞を受賞したのでしょう。

普通の人に何が言いたいのか、良く解らないものは、アニメでも大賞は受賞しません。「千と千尋の神隠し」がアカデミー賞を受賞し、「ハウルの動く城」、「もののけ姫」が受賞しなかったのは、そのためです。普通の知識人なら、誰でもその事は解るはずです。

11

「崖の上のポニョ」も、ちょっと難しいでしょう。

ところで、最近、谷川俊太郎の詩集をしっかり読んで、とても解り易く、明るく、自由奔放なことに驚きました。詩は、やはり、解り易く、明るく、自由な詩心があり、大好きになりました。新川和江もわかり易く、明るく、自由な詩心があり、大好きになりました。詩は、やはり、詩の言葉より詩心に重心があり、難解な言葉や表現に凝る人は、よほど詩心に自信がないのでしょう。「まどみちお」は、ありのままの詩心で、正面から勝負する所が偉大です。

ところで、短歌や俳句で大切なのは、第一は詩心であり、第二に言葉の意味が五十％、あとの五十％は、言葉の調べです。さらに、有り型のパターンにならない意外性があり、その人にしか詠めない個性と、その人らしい輝きがあることが大切です。そこに、芸術性を見出すのです。

これは、詩でも作詞でも、小説や戯曲でも、本質は同じでしょう。谷川俊太郎やまどみちお、新川和江も同じです。いい詩を書く人は、皆その本質に根ざし、生き生きとした魂の品格があります。それが表に顕れると、明るくて自由な、輝く詩心になるのです。

私は、これらの人々の詩集を丹念に読んで、急に詩に開眼し、自由詩がどんどん書けるようになりました。

ところで、私はいろんなジャンルの絵を描く、画家でもあります。

最初に絵の勉強を始めたのは、俳画や仏画、水墨画や日本画でした。それから、十年以上経って西洋画を始めたのです。西洋画を始めて解ったことは、西洋画とは、何でもありの世界だと言うことです。必ずしも、キャンバスに描かなくてもいいし、立体やコラージュ、画材も何でもありで、びっくりしました。抽象画

があり、キュビズムやフォービズム、シュールレアリズムあり、アクションペインティングもある。形をキッチリ描く必要はなく、巨匠ほど形は稚拙です。と言うよりも、形の奥の絵心を大切にするので、敢えてそう描くのです。とにかく自由で、何でもありなのです。それが解り、西洋画が好きになりました。こうして、私は絵画に開眼し、次々と大作が描けるようになったのです。

この、私の絵画における開眼史は、そのまま詩と小説の、開眼史にもあてはまります。つまり、最近まで短歌や俳句など、いわゆる定型詩しか作ってなかったものが、文字数や季語の枠にとらわれない、何でもありの自由詩に開眼したわけです。その発端は、小説でした。小説を書くようになり、何でもありの文芸の楽しさを知ったのです。そこから、何でもありの自由詩の世界に醒め、

14

西洋画のように、次々と書けるようになったのです。
特に、自由奔放でありながら、良く計算された谷川俊太郎の詩には、大きな影響を受けました。シンガーソングライターの、中島みゆきと同じです。それで、私の作詞、作曲の世界にも、新しい創作の世界が広がったのです。
こうしてできた詩集、『明日になれば』は、比較的まじめな詩を集めた一冊です。これを読んだ人は、私がまじめな詩人だと思うかもしれません。一方、詩集『ハレー彗星』は、おもしろくて楽しい、言葉遊びのオンパレードです。これを読むと、おかしい詩人だと思われるでしょう。
また、アルゼンチンに五日間で往復した、九十六時間の機内と空港で作った三十四篇の詩は、そのまま、詩集『泡立つ紅茶』の

15

一冊になりました。これを読むと、「ウニ」入りミックスピザのように、「まじめ」と「おかしさ」がミックスされた、新しい味になったと思うでしょう。

面白いことに、小説で言葉遊びや駄洒落を嫌う人も居ますが、谷川俊太郎やまどみちおの詩集を見て、それを嫌ったり、批判する人は居ません。また、日本の伝統芸能の落語や狂言は、言葉遊びのオチが多いのです。短歌でも、「掛詞」は、伝統的な気の利く修辞法でした。こうして、洒落は、もともと知性と教養を必要とする、気の利いた表現だったのです。それが、一九六〇年代以降、これに価値を認めない人々から、「駄洒落」と言われるようになったのです。

ですから、この歴史を知れば、谷川俊太郎やまどみちお、シェー

クスピアなどの詩人のように、言葉遊びや駄洒落の詩があっても、決して悪いはずがありません。詩心とユーモアがあり、自由詩の世界では、大歓迎されるのです。詩心とユーモアがあり、人間の本質や魂の局面を、様々な角度から表現するものなら、何でもいいのです。さらに、意外性があり、言葉使いに個性があり、調べが美しければ、もっといいのです。それが、自由詩の魅力だと言えます。

なお、『明日になれば』は、詩画集もあります。これは、ひとつひとつの詩をモチーフに、私が描いた絵を載せたものです。また、『おのれに喝！』という書言集もあります。これは、私の一言の詩を、禅僧のように書道で書いたものです。また、『墨汁の詩』は、私の俳句と書と、水墨画の先生とのコラボレーションです。

このように、私にとっては、詩心と絵心は、同じルーツのもの

です。すなわち、両方とも詩心なのです。そして、絵心とは、それを色彩や形で表わすもの。そして、「まどみちお」も、あんなに素敵な絵を描くのでしょう。しかし、彼の絵画に関しては、詩よりもキッチリと描きすぎです。ミロのように、もっと軽く、もっと色や形を省略した方が、彼の詩心が前面に出てくると思います。

孔子が、教養とは「詩に興り、礼に立ちて、楽に成る」と言ったように、詩心は、魂の高貴な部分の表われです。だから、詩心が豊かであれば、芸術作品の創作範囲は、無限に広がるのです。オペラや歌曲やポップスを歌う歌手も、作詞や作曲をする人にも、歌心とは、音で表わす詩心であることを、是非知って頂きたい。

最後に……。

谷川俊太郎氏は、多くの子供たちや大人に、詩のおもしろさや

楽しさを教えました。

私の詩は、無論、それほどのものとも思えませんが、わかり易さや明るさ、また面白さに関しては、きわ立っていると思います。この詩集を読んで、詩は自由で楽しいものなんだと、思ってくださる方が増えれば、これにまさる喜びはありません。

また全ての芸術家が、詩心を豊かにするために、詩が好きになってくれることを、切に祈るものです。

戸渡阿見

装丁	cgs・清水美和
装画	末房志野
本文カット	末房志野
本文デザイン	cgs

魔女の目玉

ある種(しゅ)の喜(よろこ)び

お腹(なか)がふくれた時(とき)の睡眠(すいみん)
お腹(なか)がほぐれた時(とき)のおなら
お腹(なか)が痛(いた)い時(とき)のうんち
お腹(なか)が下(くだ)ったときの

錠剤ロペミン

お腹がふくれ切った時の出産
腹が立った時の罵声
腹が太り過ぎた時のダイエット
腹が据わった時の決断と実行
腹が収まらぬ時の八つ当たり
腹をかかえて笑う時の家族

何事も
腹(はら)は快適(かいてき)にして
すこやかなるが良(よ)し
これが
祓戸大神(はらえどのおおかみ)の働(はたら)きである

言うことを聞け

屁が出てしまった
出るなと言ったのに
へー
なんだとー

へっーへっー
もう一度言ってみろ
べー
お前は……
いつもいつも
言うことを聞かぬやつだ
今度出たら

絶対におしおきだ
プー
何を笑ってる
ペリー
何をはがしたのだ
ポワーン
何に見とれてるのだ

プスー
不満なんだな
ブスー
女性を侮辱するな
ベー
わしはフェミニストなんだ
ベー

やっぱり美人がいいね
バリバリバリバリ
バリ島(とう)の美人(びじん)なら
ゴーギャンだね
グー
グーの音(ね)も出(で)ないだろ
これで平定(へいてい)できた

そろそろ
トイレに行(い)こう

北京オリンピック

霧が晴れたように
空は曇っていた
それはどんな空だい
言えばキリがない

そんな空(そら)だよ

ふうーん

そらみたことかい
なんだいそれ
そら耳(みみ)のような
ささやきで

空を見上げ
北京オリンピックを
語っただろう

ああ
今朝のことかい
そうだよ

あの時(とき)の空(そら)は
こんな空(そら)だったよ
そうかな
やっぱり
ぼくの予想(よそう)通(どお)りだった
そうだね……

心は曇る青い空
メダルを逃した
選手たち
終わってスッキリ
霧は晴れ
メダルを逃した悔しさで
空は曇るのさ

なんだそれじゃ
今のぼくと同じだね
なんでだい
恋はしたけれど
彼女を逃した
後だもの……
それもそうだね

でも
オリンピックは
参加(さんか)することに
意義(いぎ)があるんだよ
それじゃ……
なにもない人生(じんせい)より
失恋(しつれん)でも

あったほうがいいね

そうさ

なにもないより

何倍(なんばい)もすばらしい

人生(じんせい)だよ

二人は空を見上げ
思わず笑った

すると
霧の晴れた
すっきりと曇った空から
雨が降って来た
二人はそれでも

笑(わら)ったままだった

神秘(しんぴ)

雨(あめ)がシトシト降(ふ)っている
紫(むらさき)の雲(くも)が美(うつく)しい
雨(あめ)はどこから来(く)るのだろう
科学(かがく)の知識(ちしき)がなかったら

宇宙から来ると思うのに
知識が邪魔して
神秘がない
雲から雨の出る時を
見れば
神秘に驚くはずだ
ほんとは科学は神秘なのに

なぜか心はさめている
自然の全ては神秘なのに
なぜか心はさめている
男女の出会いは自然なのに
この時だけは
なぜか死ぬほど浮き立ち
ときめく心の不思議さよ

そんな時に雨を見れば
雨は輝き光ってる
そこには科学もなく
自然もない
ただただ輝く雨があり
光る水滴に
神秘があふれている

五人(ごにん)の天使(てんし)

明(あか)るい空(そら)に
五人(ごにん)の天使(てんし)が笑(わら)ってる
一人(ひとり)は人気(にんき)のある天使(てんし)
一人(ひとり)は気難(きむずか)しい天使(てんし)

一人(ひとり)は賢(かしこ)い顔(かお)の天使(てんし)
一人(ひとり)は笑(わら)った顔(かお)の天使(てんし)
もう一人(ひとり)は
輝(かがや)かしい
聖母(せいぼ)の顔(かお)の天使(てんし)

皆(みな)はぼくを見守(みまも)り

いつも見ていてくれる
ぼくは
いつもいい子ではない
でも
いつも悪い子でもない
だから
いろんな顔の天使がいるんだ

でも
ぼくを愛してくれるから
皆笑ってるんだ
笑って見ていてくれると
ほんとうに幸せだ
どこにいても安心で
やる気が出てくる

ぼくも
あの五人の天使のように
五つの顔をもって
どんな人にも笑って
見てあげなきゃいけない
そう思った
ほら

また
あの五人の天使が笑った
空はどこまでも青く
晴れ渡っている

一歩一歩

焦(あせ)らずに
道(みち)を進(すす)めるしかない
物事(ものごと)は
一(ひと)つ一(ひと)つ

一歩一歩である
人は
一つ一つ物を覚え
少しずつ育って行く
野や山の
草花や
樹木と同じだね

一日でも忘れたら

道は深く
事は順番だ
いつの日も
前向きで

一つ一つ
丁寧にこなす

だから
人は
日頃が大切
毎日毎日を

大切に生きる
それしかない
自然は
樹木が大切
だから
毎日毎日

樹木を育てる
その心で
丁寧に生きる
これが
自分の幸せを
ゆるぎなくする
生き方である

自分に
こう言い聞かせ
何年
生きて来ただろう
こうして
自分に

言(い)い聞(き)かせなくなったら
ぼくは
もう
だめな人間(にんげん)になる
それを
一日(いちにち)でも
忘(わす)れたら

潮騒(しおさい)

鹿島(かしま)の海(うみ)の
潮騒(しおさい)の
音(おと)のざわめき
優(やさ)しくて

砂地に伝わる
足肌の
太陽光の
なごり熱

心地の良さが
極まりて

真夏の風に
溶け入ると
身体も心も
溶け始め
ついに全てが
消え去った
鹿島の海の

潮騒に
自分が
溶けて
消え去った

花(はな)

花(はな)はなんで
花(はな)なのですか
根(ね)っこと
茎(くき)と

葉っぱより
花があるからです

そのぶん
命も短いですが
地味に生きるより
幸せです

誰かが
ほめてくれると
もっと幸せです
短い命が
輝きます

鼻(はな)くそ

ねえ
鼻(はな)くそさん
鼻(はな)くそは
なんで

鼻(はな)くそなんですか
鼻(はな)が糞(くそ)すれば
こんなものです
でも
ほじくると
気(き)持(も)ちいいですよ

誰しも
自然の要求する
清めの行為は
気持ちいいものです
身体に住む
神様が

喜(よろこ)ぶからです

離れ技(はなわざ)

離れ技(はなわざ)は
離(はな)れてする技(わざ)
近(ちか)づいてすると
近技(ちかわざ)です

近技（ちかわざ）を
あたかも
離（はな）れてするようにやれば
離（はな）れ技（わざ）です

ある対話(たいわ)

頭(あたま)がいいって

うらやましいな

そうでもないよ

頭がほどほどで
実行力のある方が
実際に役立つからね

でも

ぼくみたいに
頭が悪いよりは

頭（あたま）がいいだけで
羨（うらや）ましいな

そうでもないよ
君（きみ）のように
頭（あたま）が悪（わる）くて
実行力（じっこうりょく）もない方（ほう）が

謙虚(けんきょ)な場合(ばあい)が
多(おお)いからね

でも
頭(あたま)が良(よ)くて
実行力(じっこうりょく)もあり
謙虚(けんきょ)な人(ひと)もいるよ

まるで
仏様(ほとけさま)みたいに

そうでもないよ
君(きみ)のように
頭(あたま)が悪(わる)くて
実行力(じっこうりょく)もなく

時々傲慢な方が
生命力があって
長生きする人が多いよ

でも
頭が良くて
実行力があり

謙虚な人で
長生きしてる人もいるよ
まるで
宇宙人のように
そうでもないよ
君のように

頭が悪くて
実行力もなく
時々傲慢で
生命力もない方が
かわいいので
皆に
愛されるよ

でも
頭が良くて
実行力があり
謙虚な人で
長生きして
美しい顔して

愛されてる人もいるよ
まるで
神様のように

そうでもないよ
そんな人は
心が貧しくて

君のように
神仏を大切にして
生きないから
あの世で
暗愚な霊となり
実行力もなく
神仏に対して

あくまで不遜だよ
それで
あの世で惑い
醜い姿になって
さ迷ってるよ
まるで
妄者のようにね

そうかなあ……
文字(もじ)も読(よ)めず
自分(じぶん)の名前(なまえ)も
良(よ)く覚(おぼ)えられなかった
周利槃特(しゅりはんどく)は

釈迦の言う通り
毎日
掃除だけを実行した

その中から
見性大悟し
釈迦の弟子の

十六羅漢の一人になった

宇宙の光

宇宙を見ていたら
ピカッと何かが光った
あれは
何の光だろう

きっと
光通信だ
それとも
ＵＦＯの光かな

もしかすると
光の国から

ぼくらのために
来たぞわれらの
ウルトラ仮面かな

そうかも知れません
君は？
ウルトラ仮面ピカ

と申(もう)します
ずい分(ぶん)ハゲてるね
光(ひかり)の国(くに)から
来たものですから
どうしても…
ピカは言(い)った

光の主は
光そのもの
それが
宇宙の光です
星の光は
宇宙の光の一部です

星の見えない夜でも
宇宙の光は届きます
気持ちが沈んだ時は
星の光は
心に届きません
でも夢があって
宇宙を見つめていると

星の光も宇宙の光も
心まで届くのです
その時
何かが光ったら
その光は
ロマンややる気となり
心に広がります

するとやっぱり
その光(ひかり)は
光通信(ひかりつうしん)や
UFOのようだね
そうかも知(し)れません
夢(ゆめ)があり

心(こころ)さえ通(つう)じれば
宇宙(うちゅう)の光(ひかり)は
何(なに)にでもなる
想像力(そうぞうりょく)の光源(こうげん)です
それが
宇宙(うちゅう)の光(ひかり)です

それでは失礼します

シュワー

と叫んで

ウルトラ仮面ピカは

宇宙に帰って行った

また

宇宙のかなたで

何か(なに)が光(ひか)った

ピカ

飛行機(ひこうき)

飛行機(ひこうき)は飛(と)ぶ
どこまでも飛(と)ぶ
空(そら)の上(うえ)
ヘコーキはこく

どこまでもこく
席(せき)の上(うえ)
腹(はら)はゆれる心(こころ)もゆれる
空(そら)のゆらぎ
大腸(だいちょう)はゆれるズボンもゆれる
席(せき)のゆらぎ

空はどこまでも青く
顔面も青い
空の上と席の上

和歌山に向かう
飛行機の中
雲を突き抜け

ズボンを突(つ)き抜(ぬ)け
飛行機(ひこうき)はゆく
ヘコーキもゆく

魔女の目玉

前の座席のお兄さん
頭が傾きゆれている
隣の座席のお姉さん
うつむいたまま眠ってる

後ろの座席のご婦人は
僕を見つめてガムを噛む
僕が後ろを振り向くと
ご婦人の目と鉢合わせ
気まずくなって向き直り
楽譜を見つめ暗譜する
それでも僕の後頭部に

こびりついた目があって
座席(ざせき)がゆれるリズムに合(あ)わせ
ケラケラウフフと笑(わら)ってる
不気味(ぶきみ)に妖(あや)しく笑(わら)ってる
誰(だれ)かこの目(め)を取(と)ってくれ
楽譜(がくふ)の暗譜(あんぷ)の邪魔(じゃま)をする
魔女(まじょ)の目玉(めだま)を取(と)ってくれ

金玉

金玉は誰にでもあるのに
「金玉！」と叫ぶと
「それはちょっと」とたしなめられ
黙ってしまう他はない

それでも小さい子供らに
「金玉！」と叫べば
皆は喜び叫び合う
「金玉！　金玉！　金玉！　金玉！」
金玉は喜び
はずむ心で遊んでる
子供だけが金玉の友だ

子供こそが
金玉の天然の美と尊厳を
正しく知っていてくれる
ミケランジェロの傑作の
ダビデ像の金玉のように
金玉は崇高で美しい

うさぎさん

うさぎさん
うさぎさん
どうして
そんなに耳(みみ)が

長(なが)いのですか

誰(だれ)かが

耳(みみ)を引(ひ)っぱって

長(なが)くなりました

昔(むかし)は

ねずみだったのです

かえる

かえるよ
かえるよ
かえるさん
おなかを

大(おお)きくふくらませ

ピョンピョン

とんでる

はねてるね

何(なん)とおっしゃる

人間(にんげん)さん

メタボのおっさん
腹(はら)ふくれ
とんだりはねたり
するけれど
手足(てあし)は太(ふと)く
頭(あたま)はげ
ハアハア息(いき)を

無理するな
血圧(けつあつ)高いよ
切(き)らせてる

それもそうだね
カエルさん
手足(てあし)も細(ほそ)く

心も軽く
楽しそうに
とんでるものね

何とおっしゃる
人間さん
虫や蚊を食べ

ごちそうは
テカテカ光(ひか)る
銀蠅(ぎんばえ)だ
そんなカエルに
比(くら)べたら
メタボの人間(にんげん)
幸(しあわ)せだ

色々食べて
幸せだ
跳べない人間
うらやましい

カエルのことを
思うなら

せめて田畑(たはた)に農薬(のうやく)を
使(つか)うのだけは
やめてくれ
エサの虫(むし)たち
死(し)に絶(た)えて
カエルも死(し)ぬしか
ないんだよ

言うだけ言ったら
カエルさん
ピョンピョン跳んで
草むらに
さっと
消えてゆきました

古時計

大きなのっぽの古時計
おじいさんの寿命
刻んでる
チクタク　チクタク

おばあさんは
ねぎ刻(きざ)み

おじいさんの
保険金(ほけんきん)数(かぞ)えてる

じいさんばあさん
仲良(なかよ)くて

粗大ゴミの古時計

明日処分をするそうだ

チクタク　チクタク

金運のない

ばあさんだから

保険金は入るまい

だからじいさん
長生(なが い)きだ
貧乏(びんぼう)のまま
幸(しあわ)せで
ばあさんと仲良(なか よ)く
暮(く)らすだろう

ソーラーで動く
時計を買って
いつまでも働き
暮らすといい
ここは
長寿の村だもの
チクタク　チクタク

古時計になっても
止まらない
貧乏な
夫婦だからこそ
楽しい暮らし
質素だからこそ

明るい
労働の日々
それで
命の時計が
続くのさ
チクタク　チクタク
チクタク　チクタク

ばあさん

ばあさん
ばあさん
お乳(ちち)が長(なが)いのね
そうよ

年取(としと)って
たーれたのよ

じいさん

じいさん
じいさん
お話長いのね
　　はなしなが
そうよ

年取って
ボケたのよ

かあさん

かあさん
かあさん
お化粧(けしょう)が長(なが)いのね
そうよ

皺隠すの
大変なのよ

とうさん

とうさん
とうさん
後ろ髪長いのね
そうよ

ハゲ隠すんだ
前にやり

ぞうさん　その1

ぞうさん
ぞうさん
おみ足(あしふと)太いのね
そうよ

太(ふと)いのいるよ
人間(にんげん)も

ぞうさん　その2

ぞうさん
ぞうさん
お鼻(はな)が長(なが)いのね
そうよ

天狗(てんぐ)だって
長(なが)いのよ

ぞうさん その3

ぞうさん
ぞうさん
おめめが細(ほそ)いのね
そうよ

モンゴル人も
細いのよ

ぞうさん　その4

ぞうさん
ぞうさん
体(からだ)が重(おも)いのね
そうよ

サイだって
重(おも)いのよ

ぞうさん　その5

ぞうさん
ぞうさん
肌荒(はだあ)れがひどいのね
そうよ

ガタガタよ

ワニなんか

ぞうさん　その6

ぞうさん
ぞうさん
しっぽだけ細(ほそ)いのね
そうよ

お猿さんも
細いのよ

ぞうさん　その7

ぞうさん
ぞうさん
お耳(みみ)が大(おお)きいね
そうよ

空飛ぶ時は
便利だよ

ぞうさん その8

ぞうさん
ぞうさん
水浴(みずあ)びしてるのね
そうよ

カバさんは
毎日よ

ぞうさん　その9

ぞうさん
ぞうさん
戦(たたか)えば強(つよ)いのね
そうよ

子供のために
戦う時は

ぞうさん その10

ぞうさん
ぞうさん
家族(かぞく)連(つ)れで生(い)きるのね
そうよ

人間と
同じだよ

ラッパ

おへそ虫の
周りに
おなら虫が
遊ぶ

プー

なんだこの虫

屁(へ)こき虫(むし)じゃないか

へーそうですよ

へそ出(だ)して

寝(ね)ていると

お腹が冷えて
いろんな虫が生まれる

屁こき虫は
腸の健康を守る
ラッパ虫の子で
悪い虫と戦い

いつも
進軍(しんぐん)ラッパを
鳴(な)らすんだ
プップルプー
プップップー

無理

無理の利かない
体になった
無理の利いた
昔の体に戻りたい

無理かな

無理やり

無理の利く体に

するには

どうすればいいか

良く眠るしか

ないだろう

たっぷり寝ると
眠りの森の精が
若返りの花の
蜜をくれる
その蜜が体を包み

若く輝く体に
してくれる
眠りの森の
美女に会うよりも
その花の蜜の
象一頭分が欲しい

無理(むり)かな
その花(はな)の蜜(みつ)は
一日(いちにち)に一滴(いってき)しか
採(と)れないからね

涙(なみだ)

喜(よろこ)びは
うれしい時(とき)に
感(かん)じるが
悲(かな)しみは

いつでも感じる
寂しい時辛い時
苦しい時も
不信や不満で
腹立つ時も
いつでも感じる

悲(かな)しみを
消(け)したいけれど
いっそ悲(かな)しみを
喜(よろこ)びに変(か)える
魔法(まほう)はないものか

涙(なみだ)の魔法(まほう)があります

しばらく泣いて
悲しみが
感謝に変わると
その涙の雫から
光が出て
喜びの光明を
作ってくれる

涙はそのために
神様が作ったもの
魔法の薬です

だから
悲しいときは
いっぱい
涙を流しましょう

すると
薬（くすり）に変（か）わり
感謝（かんしゃ）が生（う）まれ
魔法（まほう）が利（き）いて
喜（よろこ）びに変（か）わるのです

元祖

たこやきが好き
会津屋のたこやきが
一番好き
昭和八年から始めた

たこやきの元祖だ
何でも元祖は
ゼロから作り
仕上げた創作者
元祖の味は
物作りの
クリエーターの味だ

会津屋のたこやきと
日清のチキンラーメンは
今でも
一番おいしい
たこやきとラーメンだ
またもう一個
会津屋本店の

元祖(がんそ)たこやきを食(た)べる
たまらないおいしさ
本当(ほんとう)に
たまらないおいしさだ

万華鏡(まんげきょう)

女性(じょせい)のマタを
のぞいて見(み)たら
また
マタがあった

そのマタを
のぞいて見たら
また
マタがあった
女性のマタは
どこまでも続く
マタまたマタの

マタだった

マタタビ者(もの)は

これを探(さが)し求(もと)め

マタタビに酔(よ)う

猫(ねこ)は狂(くる)う

万華鏡を
いつまでも眺め
不思議な
世界に
ゼウスは
のめり込んだ

本当に
楽しかった
いつまでも
そこに
居たかった
鏡が鏡を映す

万華鏡

マタまたマタの
不思議な世界
女性の魅力も
魔性も
そこにある
こうして

ゼウスの旅は
続くのであった
マタ会う日まで

戸渡阿見——とと・あみ
兵庫県西宮市出身。本名半田晴久。1951年生まれ。同志社大学経済学部卒業。武蔵野音楽大学特修科(マスタークラス)声楽専攻卒業。西オーストラリア州立エディスコーエン大学芸術学部大学院修了。創造芸術学修士(MA)。中国国立清華大学美術学院美術学学科博士課程修了。文学博士(Ph.D)。中国国立浙江大学大学院中文学部博士課程修了。文学博士(Ph.D)。カンボジア大学総長、政治学部教授。東南アジアTV局解説委員長。中国国立浙江工商大学日本文化研究所教授。有明教育芸術短期大学教授(声楽科)。その他、英国、中国の大学で、客員教授を歴任。現代俳句協会会員。社団法人日本ペンクラブ会員。小説は、短篇集「蜥蜴」、日本図書館協会選定図書になった、短篇集「バッタに抱かれて」など。詩集は、「明日になれば」、「ハレー彗星」、「泡立つ紅茶」など。俳句集は、「かげろふ」、「新秋」などがある。
戸渡阿見公式サイト　http://www.totoami.jp/

戸渡阿見詩集 魔女の目玉

2011年5月11日　　初版第1刷発行
2013年7月24日　　　　第3刷発行

著　者　戸渡阿見
発行人　本郷健太
発行所　株式会社 たちばな出版
　　　　〒167-0053 東京都杉並区西荻南2-20-9 たちばな出版ビル
　　　　TEL 03-5941-2341（代）
　　　　FAX 03-5941-2348
　　　　ホームページ　http://www.tachibana-inc.co.jp/

印刷・製本　　株式会社 精興社

ISBN978-4-8133-2281-8　Printed in Japan　©2011　Totoami
落丁本、乱丁本はお取り替えいたします。